LE LIÈVRE

ET

LE HÉRISSON

CONTE INÉDIT

PARIS

LIBRAIRIE FURNE

JOUVET ET Cie, ÉDITEURS

5, RUE PALATINE

—

M DCCC LXXXIV

LE LIÈVRE ET LE HÉRISSON

CONTE INÉDIT

ESQUISSE DE VILLAGE

*
* *

Si je vous demandais : Connaissez-vous le village qui s'appelle Buxte-hude ? il y a fort à parier, mes enfants, que vous me répondriez : Non. Mais cela, je vous assure, a peu d'importance.

Il y a ainsi, par le monde habité, une foule de villages et même de villes que vous ne connaîtrez peut-être jamais, ce qui n'empêchera point les gens d'y manger et d'y boire aux heures qu'il leur plaît, et les épis d'y pousser dans les champs, et les fruits d'y mûrir sur les arbres, et les fleurs d'y émailler les prairies.

*
* *

Moi non plus d'ailleurs, je veux bien vous l'avouer, quoique je connaisse beaucoup de villes et de villages — ce qui vous prouve que j'ai voyagé, — je n'ai jamais vu Buxtehude.

Je ne sais pas si les villageois y sont riches ou pauvres ; je suppose néanmoins que là, comme partout, il y en a quelques-uns qui ont des écus, et quantité d'autres qui n'en ont pas, malgré leur désir sincère d'en avoir.

Je ne sais pas davantage si le maire de l'endroit a le nez retroussé, ni si le garde champêtre est gaucher, ni quelle forme a le chapeau de l'instituteur. Je suppose néanmoins que, là comme partout, ces trois personnages sont respectés de tous, en braves gens qu'ils sont et doivent être.

Je crois aussi que, à Buxtehude comme chez nous, toutes les fois qu'un paroissien meurt, cela fait une personne de moins au village, à moins pourtant que, dans le même moment, un petit Buxtehudois ne vienne à naître, auquel cas, l'arithmétique vous le dira, le compte des habitants reste le même.

*
* *

Voulez-vous que je vous peigne, d'un trait, Buxtehude ?

Un petit tas de maisons au milieu d'une plaine, les unes blanches, les autres jaunes ; quelques-unes à la fois blanches et jaunes ; quelques autres ayant perdu toute couleur, comme, en vieillissant, on perd ses cheveux.

Il y en a, j'imagine, qui ont deux étages, et d'autres qui n'ont qu'un rez-de-chaussée.

A celle-ci attient un jardin, une basse-cour, une étable, et tout ce qui s'ensuit; à celle-là n'attient rien du tout, ni étable, ni basse-cour, ni jardin, par la raison que les gens qui y demeurent n'ont ni bétail ni volailles à loger, et n'arrivent que tout juste à se loger eux-mêmes.

*
* *

A Buxtehude, de même qu'à Paris, à Pékin et à Tombouctou, quand il pleut, la rue est boueuse; quand il fait sec, il y a de la poussière, et quand le vent souffle, il soulève la poussière, qui vous va dans l'œil et le force à cligner.

J'ai entendu dire également que, toutes les fois que le tonnerre gronde, les Buxtehudois se dépêchent de sonner leurs cloches à volée : ce qui est une bêtise, remarquez-le bien, attendu que sonner les cloches quand il tonne, c'est le plus sûr moyen d'attirer la foudre, qui n'a déjà que trop de tendance à tomber.

Mais vous apprendrez avec l'âge, mes enfants, que les hommes ne sont pas toujours réfléchis, et qu'en tout temps et en tout pays ils ont souvent pris le contre-pied du bon sens.

*
* *

Je continue de vous décrire Buxtehude.

Le village a une église, où l'on dit la messe et les vêpres ; un cimetière, où l'on enterre ceux qui se laissent mourir ; une école, où l'on apprend aux enfants diverses choses qu'ils ont besoin de savoir ; une fontaine qui débite de l'eau claire, et un cabaret — peut-être même plusieurs cabarets — qui débitent des liquides autres que l'eau claire, et qui en débitent plus qu'il ne faudrait.

Là où la plaine s'élève, cela fait une montée ; là où les arbres se groupent, cela fait un bois. La montée, par le grand soleil, fait suer bêtes et gens ; mais le bois leur fournit sa fraîcheur.

J'ajouterai que les Buxtehudois, comme les Parisiens, les Chinois, les Kroumirs, possèdent, quand ils sont au complet, deux bras, deux jambes, deux oreilles et deux yeux, — avec une seule bouche : ce qui signifie, si je ne fais erreur, que leur devoir, à eux comme à nous, est de bien agir, de bien marcher, de bien entendre, de bien voir, — mais de parler peu, uniquement lorsque c'est nécessaire et qu'on a quelque chose à dire.

*
* *

Vous voyez à présent d'ici Buxtehude, et, s'il vous prend fantaisie d'y aller, j'espère que vous le reconnaîtrez de loin, rien qu'à la peinture que je viens de vous en faire.

*
* *

Tout cependant, dans ce petit hameau, ne se passe point exactement comme chez nous, en ce qui concerne les bêtes du moins, dont je ne vous ai pas encore dit un mot.

Écoutez plutôt l'histoire que voici.

C'est mon grand-père qui me l'a racontée, à l'époque, plus reculée que je ne voudrais, où je n'étais pas plus haut que vous... Oh ! vous êtes, je le sais, impatients de grandir ; aussi ne dis-je rien pour vous chagriner. La jeunesse est le plus charmant des défauts ; c'en est également le plus excusable, et, de tous ceux que l'on peut avoir, c'est le seul dont on soit sûr de se corriger à la longue.

*
* *

Pour en revenir à mon histoire, elle va peut-être vous étonner ; mais encore une fois, je la tiens de mon grand-père, qui, hélas ! n'est plus là pour me la répéter, et, comme elle m'étonnait, moi aussi, au temps où il me la racontait, devinez ce que m'a dit le bon vieillard :

« Tu sauras, mon fils, que, du moment qu'on parle d'une chose, c'est qu'elle existe ou a existé ; autrement, on ne pourrait pas en parler. »

Sur ce, voici, mot pour mot, son récit :

LE PARI

*
* *

« C'était un matin d'automne, juste à l'époque où le sarrasin est en fleurs dans les champs.

La journée s'annonçait magnifique, une vraie journée du Seigneur, comme on dit, et c'était doublement le cas de le dire, car on était précisément au dimanche.

La fraîche brise du matin — une brise qu'il vous faut apprendre à connaître, en vous levant le moins tard possible — murmurait doucement à travers les chaumes. Les alouettes chantaient en haut dans les airs, tandis qu'en bas, dans les longs épis, résonnait le sourd bourdonnement des abeilles, des bêtes qui travaillent tous les jours que Dieu fasse.

Les villageois avaient, comme de juste, revêtu leurs plus beaux habits, et on les voyait s'en aller par groupes vers l'église, dont le clocher carillonnait à tue-tête.

Bref, tous les êtres vivants se sentaient heureux d'être au monde, et le hérisson, ne vous en déplaise n'était pas moins content que les autres.

*
* *

Appuyé, les bras croisés, contre un des montants de la porte de sa cabane couverte de chaume, ledit hérisson aspirait nonchalamment sa belle pipe des dimanches, au tuyau à garniture d'argent et à la cheminée munie d'un rabat.

Son regard se perdait au loin dans une sorte de contemplation délicieuse, et, à voir la pose du personnage, on devinait qu'il n'avait jamais trouvé plus de saveur au tabac qu'il fumait. Il est vrai, soit dit entre nous, que c'était du tabac de contrebande. Le sire n'aimait que celui-là.

Un moment même, un joli bouvreuil aux ailes teintées de rouge, qui se tenait justement près de là, posé sur une souche fraîchement abattue, entendit le gaillard fredonner à demi-voix un petit air de chanson. Comme mélodie, cela ne valait peut-être pas un couplet de rossignol; mais, en fait de musique, vous le savez, chacun donne uniquement ce qu'il peut.

*
* *

Tout à coup, une idée vint au hérisson. Tandis que sa femme, madame la hérissonne, que j'aurai l'honneur de vous présenter tout à l'heure, s'occupait de débarbouiller et de vêtir les enfants, pourquoi ne ferait-il pas un petit tour, histoire de s'aiguiser l'appétit ?

Il y avait précisément, non loin de sa cabane, un beau champ de raves qu'il n'avait pas visité depuis quelques jours. C'était le moment de voir comment elles poussaient.

Vous me direz : Ces raves étaient donc à lui? Je vous répondrai : Oui et non. Elles étaient à lui sans être à lui... Ce n'était pas lui, le hérisson, qui les avait plantées, arrosées et sarclées ; mais c'était lui, le hérisson, qui en avait le premier la jouissance avec sa famille.

Il y a comme cela ici-bas une foule de gens dont toute la peine consiste à profiter de celle des autres, et je vous préviens que vous perdriez votre temps à leur expliquer que l'épi n'appartient qu'à celui qui a semé le grain.

Ils vous répondraient : Il faut que tout le monde vive... A quoi vous ne trouveriez, j'en ai peur, à opposer d'autre raison valable que celle qui consiste à appeler les gendarmes.

*
* *

Une fois décidé à faire un petit tour, le hérisson tira derrière lui la porte du logis, et, incontinent, il se mit en route.

Comme ce n'était pas une visite de cérémonie qu'il s'en allait faire à mesdames les raves, son costume du matin était bien suffisant.

Il avait traversé le bout de prairie situé en contre-bas de sa hutte, et se disposait à tourner la haie de prunelliers derrière laquelle était le champ de raves, quand il se trouva presque nez à nez avec un autre flâneur matinal.

C'était monseigneur le lièvre, qui était sorti, lui aussi, de chez lui pour aller jeter un coup d'œil à ses choux.

C'étaient ses choux, vous le pensez bien, comme les raves étaient celles du hérisson ; mais n'insistons pas sur ce point délicat.

Le sire aux longues oreilles avait, s'il vous plaît, son bel habit rouge à

queue, aux boutons fraîchement astiqués. Seulement, dans sa précipita-
tion, ou peut-être afin de marcher plus à l'aise, il avait omis de passer sa
culotte.

*
* *

— Ah! bonjour! lui dit amicalement le hérisson, en s'arrêtant court.

Au lieu de répondre à ce salut courtois, l'autre, un gros personnage
qui n'aimait pas les façons familières, regarda dédaigneusement le porte-
dards, en le toisant de la tête aux pieds, comme s'il voulait détailler sa
toilette.

Le pauvre hérisson, assez gêné sous ce coup d'œil seigneurial, commença par devenir aussi rouge que les bretelles de son pantalon, — un
pantalon joliment rapiécé, comme vous le pouvez voir, — puis, fourrant
sa pipe dans sa poche de gauche, il attendit, en souriant de son air le plus
aimable, le résultat de cette inspection.

Le lièvre enfin, d'un ton railleur :

— D'où vient donc, mon brave, lui dit-il, que tu rôdes par les champs
de si bonne heure ?

— Je... je me promène, fit le hérisson.

— Ah! tu te promènes! repartit l'autre en éclatant de rire. Mais je
croyais que, pour se promener, il fallait avoir des jambes... montre donc
les tiennes !

*
* *

Le hérisson, de rouge qu'il était, devint cramoisi. Mais c'était, cette fois, l'effet du dépit et de la colère.

Devant le propos offensant du lièvre, le sang ne lui avait fait qu'un tour.

Il n'était pourtant pas ce qu'on appelle un individu susceptible. Loin de là, on pouvait lui dire toutes sortes de choses sans qu'il se fâchât. Mais, par exemple, il ne fallait pas qu'on s'en prît à ses pieds.

Que voulez-vous? la nature, dans sa sollicitude, l'ayant gratifié d'informes moignons, d'horribles rudiments de jambes torses, il n'admettait point qu'on le lui rappelât, pas plus que le bossu, souvenez-vous-en, n'admet qu'on lui parle de sa bosse.

*
* *

Le hérisson, un instant suffoqué, réussit cependant à recouvrer ses esprits, et, se redressant du mieux qu'il pouvait :

— Te figures-tu donc, dit-il au lièvre, que tes jambes te serviraient mieux, à l'occasion, que moi les miennes?

— Certes, oui, je me le figure, repartit le lièvre en riant de plus belle, à cette boutade de son interlocuteur.

Le sieur Qu'on-ne-sait-par-où-prendre attendit patiemment que cet accès d'hilarité fût passé. Il attendit non moins patiemment la fin de l'inévitable quinte de toux qui suivit le fou rire du compère ; puis, d'une voix où perçait encore un reste d'émotion :

— Dis-moi, mon cher, si je te proposais un pari entre nous ?

*
* *

A ce mot, le lièvre ouvrit des yeux en porte cochère.

— Que veux-tu dire, mon brave ? Je ne te comprends pas. Daigne, je te prie, t'expliquer plus clairement.

— C'est bien simple, reprit l'autre. Je parie avec toi, si tu veux que je te bats à la course.

— Voyons, voyons, mon petit ami, tu n'y penses pas, répondit le lièvre, en se campant le poing sur la hanche. Tu voudrais, avec tes pieds de travers !...

— Oui, oui, avec mes pieds de travers, comme tu dis, fit le hérisson, en haussant la voix.

— Eh bien, soit, si cela peut faire ton bonheur, je consens à me prêter à ta fantaisie. Mais il faut que la chose soit sérieuse : que parions-nous ?

*
* *

Le hérisson réfléchit un instant :

— Un louis d'or et une bouteille d'eau-de-vie. L'enjeu te convient-il ?

— Parfaitement, dit le lièvre. Tope là, et partons ensemble.

— Doucement, doucement, interrompit le sire au dos plein d'épines. Je n'ai encore rien mangé d'aujourd'hui, et, à jeun, je ne suis pas gaillard. Permets que je retourne chez moi avaler un morceau. Dans une demi-heure, je te rejoins ici.

*
* *

Sur ce mot, Pique-de-partout quitta le lièvre encore à moitié étourdi de l'aventure, et, sans plus songer à ses raves, qui avaient, il est vrai, le temps d'attendre, il reprit la direction de sa cabane.

Chemin faisant, il se dit : J'ai mon idée, et je la crois bonne. Ce particulier-là s'imagine que ses longues jambes auront aisément raison de mes pattes crochues ! Nous verrons bien cela.

C'est un de ces orgueilleux qui ne doutent de rien. Moi, je ne suis qu'un pauvre diable avec lequel tout semble permis. Eh bien ! je vais l'attraper, et le manant, pour une fois du moins, se régalera aux frais du seigneur.

EN FAMILLE.

*
* *

Cependant la femme du hérisson, restée au logis, n'avait pas perdu sa matinée ; elle avait pioché ferme, selon sa coutume.

C'était, je dois le dire, une excellente et probe ménagère, qu'on n'avait jamais vue bouder à l'ouvrage. Certes, comme toutes les personnes de son sexe et un certain nombre de personnes de l'autre, elle avait bien quelques petits défauts dans l'humeur.

Elle était, par exemple, un peu grognon; puis, elle voulait tout savoir, tout connaître, et, particulièrement, où allait son mari chaque fois qu'il sortait, d'où il venait chaque fois qu'il rentrait; et c'étaient des *pourquoi*, des *comment*, des *si*, des *mais*, à n'en plus finir.

Mais, avec tout cela, elle était si soigneuse, si diligente, si pleine d'attentions, que le hérisson, quoique souvent agacé, n'osait lui en vouloir sérieusement de ces menus travers, qui n'avaient en soi d'autre gravité... que d'être absolument incorrigibles.

*
* *

Trois marmots, — deux garçons et une fille, — étaient les fruits veloutés de cette union, où il entrait, naturellement, plus d'épines que de roses, mais qui n'en était pas moins infiniment mieux assortie dans son genre que mainte autre que je pourrais vous citer.

Il fallait voir avec quelle touchante sollicitude la mère élevait sa petite famille! Un de ses principes d'éducation, c'était la propreté, une propreté exquise et luisante.

Chaque matin, au saut du lit, elle commençait par lustrer à fond son trio de rejetons, et, le dimanche, par surcroît, avait lieu ce qu'elle appelait le grand nettoyage, lequel consistait en un bain entier administré à chacun des marmots.

C'était justement à cette ablution que la bonne mère s'occupait, le matin en question, tandis que son hérisson de mari échangeait des mots avec le lièvre.

*
* *

Les deux garçons avaient déjà passé par la cuve, où la petite dernière recevait à son tour, non sans rechigner et gigotter ferme, les caresses de la grosse brosse de chiendent.

— Voyons, ma châtaigne, ne remue donc pas comme cela, lui disait la mère... Tu vas te faire casser une douzaine d'ardillons, et je n'en ai pas de rechange pour les remplacer.

Pendant ce temps-là, l'aîné des garçons, planté debout devant le baquet, s'amusait à faire des grimaces à sa sœur, qui, naturellement, n'en criait que plus fort, et continuait de se débattre comme un diable.

Et la hérissonne de répéter :

— Mais finis donc, mon joli porc-épic. Voyons, donne-moi ton petit mufle... Ne veux-tu pas que je te fasse belle, ma grosse râpe chérie?

*
* *

A ce moment, la fillette, en se démenant, envoya traîtreusement un jet d'eau dans la figure de l'autre garçon, qui était en train de dérouler sa chemise. Celui-ci se mit à piailler à son tour, et ce fut pendant deux ou trois minutes un concert effroyable de cris, accompagnés de trépignements furibonds, au milieu desquels résonnaient en vain les objurgations pressantes de la mère.

— Allons donc! mes petits marrons d'Inde!... Mademoiselle Piquette, finissez!... Là, là! attendez un peu.

Soudain, au milieu de ce vacarme, un bruit de pas retentit au dehors.

— Silence donc, tas de chardons! fit la hérissonne, une patte sur ses lèvres. Voici le père.

Tout le monde se tut comme par enchantement.

*
* *

C'était le père en effet qui rentrait. Quand il parut sur le seuil de la porte, la mère commença par ouvrir la bouche, pour lui crier, selon sa coutume :

— Ah çà! d'où viens-tu?

Mais, en voyant sa mine sérieuse et son air de mystère, elle jugea plus prudent de s'abstenir et d'attendre qu'il parlât le premier.

— Femme, dit le hérisson, écoute un peu; il y a du nouveau.

— Du nouveau! Raconte-moi donc cela, tandis que je vais habiller la mignonne.

— Mais puisque je te dis d'écouter.

— J'écoute.

3

— Sans m'interrompre.

— Je me tais.

*
* *

Le hérisson, pour se calmer les nerfs, eut bonne envie d'allonger une taloche à la jeune Piquette qui, sans avoir l'air de rien, essayait de pincer en dessous un de ses frères ; mais il pouvait s'en suivre une scène qui lui aurait fait perdre du temps ; il feignit donc de ne rien voir, et reprit :

— J'ai rencontré le lièvre près de la haie de prunelliers.

— Ah ! mon Dieu, c'est un vilain sire, s'exclama la mère ; mais j'aime encore mieux que tu aies fait cette rencontre que celle du renard.

— Çà ! me laisseras-tu parler ? dit le mari en faisant le gros dos.

La hérissonne redevint bouche close.

*
* *

— J'ai donc rencontré le lièvre, là-bas, en face du poteau, et le lièvre m'a insulté.

Le hérisson, là-dessus, fit une pause, comme pour inciter sournoisement son épouse à intercaler de nouvelles réflexions. Mais celle-ci ne souffla plus mot.

— Eh bien ! ajouta le mari, cela ne te fait donc rien que le lièvre *nous* ait insultés ?

— Si fait; mais...

— C'est bon, silence ! reprit le maître d'une voix de Stentor ; et il continua :

— Le lièvre donc m'a insulté, et alors, moi, pour lui clore le bec, je l'ai défié à la course. Un louis d'or et une bouteille d'eau-de-vie sont l'enjeu du pari.

*
* *

— Ah ! mon Dieu ! mon Dieu ! s'écria la hérissonne d'une voix dolente; mais tu es donc fou, mon pauvre homme ?

Et, lâchant brusquement Piquette, qui faillit boire un coup dans la cuve, elle se mit à pleurer à chaudes larmes.

Les trois marmots ne purent entendre gémir leur mère sans mêler aussitôt leurs lamentations aux siennes, si bien que la cabane au toit de chaume offrit un moment l'image du plus poignant désespoir.

Mais le père n'eut qu'à frapper du poing sur la cuve pour apaiser instantanément cette douleur.

— Femme, poursuivit-il, je t'ai déjà dit qu'il n'était pas séant à une ménagère de raisonner des affaires des hommes. Ce sont choses auxquelles vous n'entendez rien. Je vais de ce pas tenir mon pari. Habille-toi, et viens, car j'ai besoin de toi.

La hérissonne, encore à demi tremblante, mais piquée de curiosité,

comme une fille d'Eve l'eût été à sa place, passa à la hâte son jupon bleu
et sortit avec son époux.

AU CHAMP DE COURSES.

*
* *

Lorsque le couple eut fait quelques pas, le hérisson dit à sa moitié :

— Essuie-toi les yeux, et écoute bien les instructions que je te vais donner. Tu vois ce champ : c'est là que, le lièvre et moi, nous devons courir, lui dans un sillon, moi dans l'autre, en partant du bout opposé. Mais avançons encore.

La hérissonne s'étancha les prunelles et continua de cheminer à côté de son homme.

Arrivé près d'un tas de choux, dont la vue seule mettait l'eau à la bouche, le hérisson commanda : halte !

Son épouse stoppa instantanément.

— Voici le but, mon trésor. C'est ici que, coûte que coûte, il faut que j'arrive avant ce grand farceur de lièvre, et j'y arriverai, grâce à toi.

*
* *

La hérissonne le regarda d'un air interrogateur. Elle se sentait de plus en plus intriguée, et il y avait de quoi, vous en conviendrez.

— Tiens, ma mignonne, place-toi là.

Il parlait maintenant de sa voix la plus douce, car il connaissait sa bourgeoise, et savait que c'eût été une mauvaise affaire que de la prendre à rebrousse-poil pour l'instant.

L'autre qui, de tout temps, avait mieux aimé le miel que le vinaigre, s'installa docilement à l'endroit que le hérisson désignait.

— Tu n'as maintenant qu'une chose à faire, reprit ce dernier, moyennant quoi le louis d'or est à moi — pardon! je veux dire à nous, — et avec le louis d'or la bouteille d'eau-de-vie.

*
* *

Les yeux de la hérissonne pétillèrent, et on vit frémir ses petites oreilles dans le buisson d'épines qui lui servait de tête.

— Tiens-toi blottie entre ces deux choux, ajouta le mari... Là ! ce n'est pas plus difficile que cela, et surtout ne va pas t'endormir. Tu es ici au champ d'honneur.

La dame au chignon mal lissé s'accroupit parmi les légumes, étonnés à bon droit de ce colloque étrange, et bientôt on n'aperçut plus dans l'odorante verdure d'alentour qu'une espèce de pelote d'aiguilles acérées.

— Est-ce tout? fit la hérissonne.

— A peu près, repartit le hérisson. Ah! j'oubliais l'essentiel. Quand ce

sacripant de lièvre arrivera de ton côté, redresse-toi, et dis-lui tout bonne-
ment : Me voilà déjà !

*
* *

Ces préliminaires terminés, Pique-en-diable salua d'un geste affectueux
sa moitié, et se remit en route vers l'extrémité de la pièce de terre.

Il y trouva le lièvre qui l'attendait, paresseusement étalé au soleil,
quoique pas mal gêné par les mouches, qui l'obligeaient à faire des mou-
linets de queue dont le sire se fût bien dispensé.

— Ah! te voilà, mon garçon ! dit négligemment le damoiseau en s'éti-
rant les pattes de devant. Je désespérais presque de te revoir.

— Ma femme est malade, répondit d'un air pénétré le hérisson, et j'ai
dû, avant de revenir, lui faire prendre sa potion du matin. Tu m'excu-
seras. C'est ce qui m'a retardé de quelques minutes.

*
* *

— Oh! tu es tout excusé, mon petit ami, répliqua d'un ton protecteur
le gentilhomme aux longues oreilles, toujours étendu au revers de sa
motte. Mais à propos, ajouta-t-il, sais-tu ce qu'il lui faudrait, à ta
femme?

— Quoi donc?

— Une cuillerée de cet excellent cognac que je viens de faire déposer sous cet arbre , avec le louis d'or, par Jeannot Lapin.

— Tu crois ?

— J'en suis même sûr. Il n'y a rien de tel pour ranimer les personnes qui se meurent.

— Oh ! elle n'en est pas encore là, je l'espère du moins. Mais tantôt, à tout hasard, je lui ferai prendre, non pas une cuillerée, mais trois cuillerées pleines de la bouteille que tu as la bonté de m'offrir.

— De t'offrir ? riposta le lièvre, se relevant à moitié. Tu plaisantes, mon bon ; je ne t'offre rien. Ce sera, tu le sais, le prix du vainqueur.

— C'est égal, je te remercie tout de même, poursuivit le hérisson en souriant. Ma pauvre femme ! comme elle sera contente !

*
* *

Le lièvre, à ce ton de bravade, achève de se relever d'un bond, et, frisant majestueusement sa moustache :

— Vite ! en place, et mesurons-nous ! s'écrie-t-il d'une voix impérieuse.

Les deux concurrents s'alignent. Le lièvre rejette en arrière les basques en pointe de son habit rouge, et dit une dernière fois :

— Attention !

— J'y suis, fait le hérisson.

— Une, deux, trois ! compte l'autre, et, incontinent, il part comme un trait.

*
* *

Celui Qu'on-ne-peut-se-mettre-en-cravate fait mine aussi de pousser en avant; mais, à peine son adversaire a-t-il disparu dans le creux de son sillon, qu'il revient s'accroupir à l'entrée du sien, et y demeure bien tranquille sans bouger.

Quand l'autre arrive tout haletant au bout du champ de course, quelle n'est pas sa stupéfaction de voir surgir tout à coup devant lui un être hirsute qui lui crie :

— Me voilà déjà !

Quelque rêve peut-être! un fantôme! une hallucination de lièvre échauffé!

Non, ma foi, c'est bien le hérisson. Cet embroche-l'air, ce bancal, ce pied-bot des pieds-bots est là dans les choux. Il a devancé le jockey rouge au poteau.

*
* *

Le lièvre s'arrête court, et se dit : Voilà, par exemple, qui est trop fort !

Quant à flairer le moindre subterfuge, son nez de gentilhomme en était incapable, et il n'en avait d'ailleurs nulle raison, vu que la nature a donné le même verbe à la hérissonne et au hérisson, et que deux gouttes d'eau ne se ressemblent pas plus qu'on ne se ressemble dans cette gent de porte-dards, tous habillés du même uniforme.

— Recommençons ! crie aussitôt le lièvre. Le premier tour, d'habitude, ne compte pas...

— Comme tu voudras, fait la hérissonne, et tandis que le coureur aux longues jambes repart comme un éclair dans le sillon, madame se rassied entre ses deux choux.

*
* *

A l'autre extrémité de la plaine, le hérisson voit arriver son rival, galopant à se retourner les oreilles, et les basques de son habit rouge battant l'air comme des ailes de hanneton.

— Me voilà déjà ! lui crie-t-il, lui aussi, dès qu'il l'aperçoit.

Pour le coup, le sire Ventre-à-terre en est pris de vertige.

— Encore un tour ! hurle-t-il hors de lui.

— A tes ordres ! répond le hérisson.

Et le lièvre de repartir à fond de train.

*
* *

Soixante-treize fois de suite, l'épreuve s'est renouvelée, et chaque fois, d'amont en aval aussi bien que d'aval en amont, le lièvre a vu ses jambes

4

le trahir. Toujours, à l'un des bouts du champ de choux, un spectre de hérisson s'est levé et lui a jeté cette parole diabolique :

— Me voilà déjà !

Ses pauvres pattes lui rentrent au ventre, et sa cervelle bout comme une marmite dont on a oublié de retirer le couvercle, et qui, d'un moment à l'autre, va sauter.

Lui faudra-t-il donc renoncer à la lutte ? Et Jeannot Lapin, qui le regarde de loin — je vous demande un peu de quoi il se mêle ? — ira-t-il partout publier sa honte et la victoire de Hérisson-le-tortu ?

— Non, se dit-il, je n'en démordrai point. Soixante-treize est un chiffre impair, et le proverbe n'assure-t-il pas que toutes les bonnes choses sont en nombre pair ?

Cette idée lumineuse achève de lui rendre du cœur.

— Une dernière ! s'écrie-t-il sans même s'accorder le temps de souffler, quoique le hérisson, en bon camarade, l'ait exhorté à se rafraîchir un instant.

*
* *

Cette fois, le pauvre mâtin ne devait pas même arriver mauvais second.

A moitié route, sa marmite lui saute.

Frappé d'une congestion foudroyante, il se laisse choir au milieu du champ, et le sang qui jaillit à flots de son cou, dont toutes les veines ont crevé en même temps, rougit le sol poussiéreux du sillon.

*
* *

Le hérisson et la hérissonne, cachés dans leurs tas de légumes respectifs, n'ont point vu tomber l'opiniâtre lutteur. Ils attendent, chacun de leur côté, l'apparition du sieur Une-dernière, et apprêtent leur éternel : Me voilà déjà !

Mais qu'est-ce que cela veut dire ? L'un et l'autre ont beau regarder discrètement entre les rangs de choux, le lièvre persiste à ne pas se montrer.

La hérissonne, qui ne connaît que sa consigne, et qui n'a point reçu d'instructions en vue de ce cas tout particulier, n'ose prendre sur elle de quitter son poste pour aller en reconnaissance dans le champ.

Elle commence d'ailleurs à se sentir prise d'une irrésistible envie de dormir. Une telle faction, avant le déjeuner, à la poussière et au grand soleil, c'en est trop pour sa délicate complexion !

— Cet entêté de lièvre se moque-t-il du monde ? s'est-elle demandé déjà plus d'une fois, en bâillant à se décrocher la mâchoire.

Enfin, lasse d'attendre, et les yeux lui papillotant de plus en plus, elle se pelotonne machinalement sous un chou, et — foin de tous les lièvres de la terre ! — la voilà partie au pays des songes.

*
* *

Son seigneur et maître cependant, ne voyant, lui non plus, rien venir, finit par s'aviser que son rival a peut-être fait la culbute en route.

Il se hisse sur la motte voisine, et interroge du regard le sillon où son adversaire a dû fournir son soixante-quatorzième tour de galop.

Il n'y voit point trace de lièvre courant ; en revanche, il croit y apercevoir comme une apparence de lièvre gisant.

Oui, ce personnage poilu, au frac rouge, qui est là-bas, les quatre fers en l'air, c'est, à n'en pas douter, son farceur.

Il se met donc en route par le champ, tout aise de se dégourdir les jambes, et ne tarde pas à rencontrer le pauvre hère, à l'assaut duquel tout un peuple de fourmis commence de monter.

Il le touche à l'endroit du cœur.

— Ce n'est plus qu'un cadavre, se dit-il ; retirons-nous bien vite, car il sent.

*
* *

Il continue de descendre le sillon, impatient de porter la nouvelle à sa femme.

Grande est sa surprise de trouver celle-ci dans l'attitude du renoncement à toutes choses. Il croit d'abord qu'elle est évanouie et se baisse vers elle pour la ranimer.

Alors il s'aperçoit qu'elle ronfle et ne peut réprimer un froncement de sourcil.

— Hola ! hé ! crie-t-il, en la secouant à la mode usitée entre hérissons ; réveille-toi donc ! voici le lièvre !

L'autre se redresse effarée.

— Me voi-là... dé-jà ! balbutie-t-elle, croyant à un soixante-quinzième tour.

Et le hérisson de se tordre de rire.

— Bon, bon ! tu me prends pour le lièvre. De lièvre, ma chère, il n'y en a plus. Viens chercher la bouteille d'eau-de-vie et le louis d'or.

CONCLUSION ET MORALITÉ.

*
* *

Le couple rentra au logis avec le grand prix, et ce ne fut pas le plus beau de son affaire.

La hérissonne n'eut rien de plus pressé que de s'en aller acheter, avec le louis d'or, une parure tapageuse qui ne convenait pas à l'épouse modeste d'un porte-dards. Le mari, pendant ce temps-là, but les trois quarts du flacon de cognac, si bien que la femme, en revenant, le trouva scandaleusement ivre.

Naturellement, elle lui fit des reproches. L'autre, à la vue de la parure, entra en fureur.

— Ah! cria-t-il, voilà le louis d'or déjà dépensé !

— Ah ! riposta-t-elle, voilà la bouteille d'eau-de-vie déjà vide.

— Vile coquette !

— Misérable ivrogne !

Le hérisson, tout en titubant, leva le poing sur la hérissonne.

La hérissonne menaça de giffler le hérisson.

Ce fut une épouvantable scène dans ce ménage si uni jusqu'alors.

Les marmots, témoins de cet échange d'injures et de violences, se mirent à pousser des cris, et à se jeter au cou de leurs parents, en les suppliant « de ne pas se faire du mal ».

*
* *

Alors, le couple eut honte de lui-même.

Le mari le premier revint à la raison. Il saisit sans mot dire le flacon de cognac et le brisa sur la pierre du seuil.

Ce que voyant, la hérissonne éclata aussitôt en pleurs attendris.

— Tiens, dit-elle en tendant la parure à son homme, fais de cela ce que tu voudras.

Le hérisson prit le colifichet, et, après avoir hésité un instant, il le jeta héroïquement dans le feu.

Tous deux, silencieux et graves, regardèrent l'étoffe se consumer dans le fourneau et le liquide se perdre dans le sable ; puis, quand il ne resta plus trace de l'une et de l'autre, ils poussèrent un soupir de soulagement, et, à la grande joie des petits, ils s'embrassèrent avec effusion. »

*
* *

Ce qu'est devenue, depuis ce jour mémorable, la charmante famille de porte-aiguillons, je ne pourrais trop vous le dire, mes enfants. J'ai comme une idée qu'elle continue de vivre, à moins pourtant qu'elle ne soit trépassée.

Quant aux lièvres, je ne sache pas que, depuis lors, à Buxtehude ou même ailleurs, ils se soient de nouveau risqués à la course avec aucun hérisson du monde. Mais je suis bien aise que le champ de choux ait vu, pour une fois, les choses qu'il a vues ; autrement, comme disait mon grand-père, je n'aurais pas pu vous les raconter.

*
* *

Les enseignements à tirer de cette histoire, je vais vous les déduire en trois points.

En premier lieu, gardez-vous bien, quelque haute idée que vous ayez de vous-même, de vous moquer des pauvres diables et de critiquer la forme de leurs pieds.

En second lieu, si vous vous mariez, n'épousez que votre pareille en tout.

Que le ramage soit le même, et le plumage aussi. Qui se ressemble doit s'assembler, et qui s'assemble, se ressemble.

Donc, si vous êtes lapin, ne vous avisez pas de prendre une carpe. Mais, si vous êtes nègre, prenez une négresse, et si vous n'êtes qu'un hérisson, contentez-vous d'une hérissonne.

Pour le troisième point, le voici :

Bien mal acquis ne profite jamais.

FIN DU LIÈVRE ET DU HÉRISSON.

8198-83. — CORBEIL, TYP. ET STÉR. CRÉTÉ.

www.ingramcontent.com/pod-product-compliance
Lightning Source LLC
Chambersburg PA
CBHW061446050726
47593CB00004B/1484